사막 식당

사막 식당

김성대 시집

창비

차 례

제3부

제1부

목신의 오수

양떼와 구름을 구별할 수 없어*

구름 보러 간다
온 구름이 몸을 들어서는 무덤 같은데
그늘을 흘려놓고 바람은 어디를 머뭇거리나
한점 바람 없는 들판, 구름 보러 간다
구름을 보면 몸 안의 잠이 먼 곳을 돌아오는 거 같아
구름에 남긴 새들의 발이 흘러다닐 거 같아
오늘은 내 잠 밖으로 나온 발을 숨긴다
수없는 잠 중에서 단 한번
잠을 나오지 못한 죽은 자의 옷을 입고
나는 참 오래 깨어나고 있구나
내 잠이 들판을 흐르는 그늘의 한때 같아서
시야를 사라지는 구름의 포옹 같아서
오늘은 잠에서 나오지 못한 눈을 하나 간직할 생각이다
구름을 중얼거리는 기시감을 모아놓고
잠 밖으로 나온 발을 뒤척이는
죽은 자의 옷에 새의 발을 그려넣고 있는

아직은 턱을 괴고 잠들어 있어야 하는 너에게
갓 깨어난 구름을 보낸다
너에게 드리웠다 이슥해질

* *양떼와 구름을 구별할 수 없어 그가 헤아리는 양의 숫자는 계속 틀렸다. 그는 처음으로 구름을 헤아린 자였다.*

딸기밭

향정신史 1

그해 우리는 그를 기다리며 딸기를 먹었다 우리는 그를 팔베개라고 불렀는데 그의 팔에서 얼굴 냄새가 났기 때문이다 누군가는 우물 냄새라고 했고 누군가는 메아리 냄새라고 했지만 우리는 얼굴 냄새라고 믿었다 그에 관해서라면 우리는 고집이 셌다

그해 딸기밭은 딸기농사를 망쳤고 우리는 딸기를 먹으며 그를 기다렸다 밤은 조금씩 흘러와서 금방 깊어졌고 그가 오는 걸 놓칠까봐 우리는 눈을 크게 뜨고 딸기를 먹었다 고양이들은 전생에서 덜 깨어난 눈으로 밤의 딸기를 바라보았다 전생에서 잃어버린 울음이라도 되는 듯 그 눈에 인기척이 어릴 때가 그가 오고 있을 때라고 우리는 천천히 딸기를 먹고 금방금방 그를 기다렸다

우물 속에서 안개가 피어오를 때면 휘파람을 불어도 소리가 나지 않았다 안개 속으로 저벅저벅 누군가의 발자국이 메아리처럼 흩어져 있는 이곳은 그의 잠 속이 아닌지 우리는 그의 팔베개를 하고 누워 알알이 묻고 싶었다 안개조

차 빠져나가지 못하는 잠 속에 우리를 놓아두고 혼자 잠을 깬 건 아닌지

그럴 때마다 우리는 딸기알 속의 밤을 깨무는 서로의 뒷목을 바라보며 서로를 눈감아주었다 우리의 암묵 속에서 그는 분명히 오고 있었으므로 눈을 잃은 고양이의 울음이 선명해지는

그해 우리는 딸기밭에 남았고 딸기들은 더 오래 남았다 우리가 무수히 깨물어보아야 했던 시간, 딸기알은 그의 소실점들이었는지도 모른다 우리는 소실점으로 이루어진 시간을 먹으며 그를 기다린 것인지도

누군가는 우리의 원근법이 틀린 것이라고 했고 누군가는 우리가 처음은 아닐 거라고 했지만 우리는 우리를 모방하지 않았다 누구의 잠을 띄워서든 누구의 얼굴을 괴어서든 그가 오고 있을 것이라고 믿었으므로

West Daegu
향정신史 2

1

하나 둘 굴뚝을 세다가 비가 왔다 우리는 그날 누가 죽었는지 몰랐다 굴뚝은 검은 연기를 내뱉었고 우리가 구슬을 묻었던 곳에서 네잎클로버가 연달아 발견되었다 그날 우리는 학교를 가지 않아도 되었고 비옷을 잃어버려도 되었고 동네를 몇바퀴나 돌아도 어른을 만날 수 없었다 주머니 속에서 시든 네잎클로버를 하나 둘 세다가 우리는 운동장에 와 있었다 미안해 죽은 줄 몰라서…… 운동장에 남아 있는 아이의 율동은 누구의 그림자를 빌려 입을까 우리 아이 정말 잘하죠 엄마들의 손뼉이 들린 것도 같았다

2

뭘 기르든 금세 죽이는구나 겨울이 너무 길었잖아요 손발이 앙상해지는 꿈은 이사를 갔는데도 따라와 있었다 아버지 화분은 모두 산에 옮겨 심었잖아요 소등한 병사들이 어둠 속에서 날마다 편지를 옮겨 적었단다 날이 밝으면 군화 속에 넣어두었다가 담배를 말아 피웠지 겨우내 연탄구멍이 식구들을 겨누었다 쉬쉬하면서 우리는 손발이 앙상해

져갔고 그림자는 흰자만 남았다 달걀을 몰래 구슬과 바꿔오면 아버지는 저녁 반찬으로 구슬을 드셨다 꿈에서 한 약속이라도 지켜야 한단다 아버지 군화가 비었잖아요 마지막 발은 어디다 두셨어요 마지막에 옮겨 적은 건 누구의 편지였나요 아버지는 응답이 없었다 한뼘씩 빈집이 되어가는 집 꿈속의 손들이 나를 할퀴러 오기 전에 나는 수신인란에 통신두절이라고 적었다

3

솥에서 무덤 냄새가 났다 마을 사람들이 검은 물풀을 바라보며 말을 아끼는 동안 묘비에 새겨넣었던 이름이 호명되었다 천변 주위를 노란 새들이 맴돌았고 메기들이 우는 소리가 들려왔다 나는 구별되지 않았다 우리들은 같은 묘비의 이름을 받았다 우리가 이렇게 가까운 줄은 몰랐어 꼭 내가 나를 부르는 거 같잖아 우리들은 서로에게 유령이 된 기분으로 검은 물풀 속을 돌아다니곤 했다 그날은 복사꽃이 가장 소란스러운 때였다 물풀에 거품이 일었을 때 마을의 미친 여자가 나를 꼭 껴안고 건져냈다 여자의 눈이 하얀

사기구슬 같았다 그날 이후 마을은 자주 기일이었고 솔물을 줄여나갔는데도 한동안 밥이 질었다 나는 빈집을 돌아다니는 여자가 다리를 절룩이는 것을 보았다

4

너의 엄마가 되고 싶구나 착한 계모가 되어 너를 기를 거야 달걀을 삶고 해충을 잡아주고 선물을 사줄 거야 오래 생각해온 일이란다 엄마는 친엄마인 걸 자주 잊었다 엄마에게 나는 자꾸만 여럿이었고 그중 하나인 나는 장롱 안에서 나방의 날개가루를 물에 타 마시며 놀았다 엄마 오늘은 무엇을 조심할까 엄마는 도로 머리가 아프구나 엄마를 조심하렴 엄마는 가루약을 먹고 하얀 물감에 갇혔다 검은색을 칠하면 엄마가 보였을까 엄마의 생일을 바꾸러 왔어요 엄마는 너무 일찍 태어났어요 외갓집에 엄마를 소개해주어야 하는 날이면 나는 친엄마의 먼 친척이 되곤 했다 애야 네가 아무리 멀어도 너의 엄마가 될게 엄마의 하얀 옷을 물려 입는 아이가 되렴 엄마의 눈은 눈물로 만들어진 구슬같이 운 걸 잊고 또 우는 거 같았다

이안류

독일의 바람이 침대맡에 닿았다 가방을 풀자
고인 물 같은 바람이
쓴 입술에

평화로운 곳이었나 독일은
약간의 결벽이 맥주 맛을 좋게 한다는 걸
꼭 확인했어야 했나
차가운 비 검은 호수에서

우리를 비스듬히 비껴가는
추분 무렵
인간이 없는 세상을 꿈꿔본 적 없는
벤야민들은 밤이 더 길었다

결벽은 너를 너이게만 해.
그래서 너를 너이게 하지 않지.

다 쓴 수첩은 산문을 연습하고

금요일에는 자명한 문장을 썼다
말이 되돌아올 때 감기는 침묵과
침묵이 닿지 않을 때 갖게 되는 입술을

당신은 며칠입니까?
……*열아흐렙니다.*

흐릿한 사진처럼 우리는 흐릿해졌다
세계의 날씨에 우리의 날씨는 속하지 않았고
어느 곳에서나 여행의 불가능함을 소급해야 했다

그것이 우리가 가진 유일한 감정이었는지 모른다
어느 시간에도 감겨 있지 않아
이곳까지 흘러온
오늘,
전 세계에 비 내린다

우리는 그때 같이 없었다

years later

years later

차가운 추상 모델

*

석고를 깨고 나온 것 같은
얼굴
그는 누구의 눈에도 살아본 적이 없다
밤은 알 수 없는 쪽을 사위는데
그를 흘러나가는 박명에 얼굴이 잠복한다
미동도 없이
포개지는
그것은 바라보는 데서 얼어붙는
오래전 냉기 같은 것

'나 를 살 아 다 오, 19××'

가장 밑바닥의 얼굴을 되돌아오려는
봉인된 친필
미동도 없이
당신의 얼굴을 살게 된다

*

그녀는 오래 훔쳐본 눈들로 분리되었다
얼음 조각 같은 각막들이
잘게 부수어진 허공을 긁어모으는
밤
부은 발등부터 무릎부터 그녀는
일렁인다
무엇일까 몸을 잃은 뒤에도 물드는
수증기처럼 어른거리는
그것은

자신의 허공을 어루만지는
차가운 포옹
등 뒤를 떠올리지 않아야 한다

*

속삭임이 창을 맴돌았다
무언가 틈이 없어진다
그것은 얼굴이 많았다 시간에 비해
그것은 불운했다 천사보다
무언가 공기가 걷힌다
모여드는 그림자들로 수축하는
밤
귀신의 집의 귀신
천사의 집의 천사

다시 속삭여도 모르겠지 이 창으로
처음의 얼굴을
마주해도

9월의 미발(未發)

여생의 예의

바람을 잘 느끼기 위해 머리를 길렀다
시간을 잘 느끼기 위해 오지 않을 것을 기다린다
몸을 줍지는 않는다
여생의 예의란 그런 게 아니지
살아 있지 않은 것과 죽어 있지 않은 것이 공평하게
시간을 빌리는 것인데
시나브로 몸을 영결하는 오후
막 병실을 들어온 신참 환자처럼 오늘은 이빨이 맑다
근성이라고 할 것까지는 없어
잠든 사이 나도 모르게 이빨이 물었다 오는 것은 무엇일까
……, 일어났어?

우연의 방

서로의 알람이 되어가는 방
열은 높은데 몸은 느리고
우리는 있는 힘을 다해 남아 있는 것이다
늘 처음 같아서 미리 와 있는 것 같은

우연이라고 해서는 안될까
잠은 점점 멀리서 오고
몸을 기다리는 현기(眩氣)와
제 무렵을 맡겨오는 그림자
나는 잠 속에서 손을 꺼내 눈을 만져본다
모든 날씨와 두절된다

광장묘지

이봐요, 거기도 묘지입니까
광장 북쪽 무렵을 건너는
살아 있지 않은 자들의 기나긴 꿈속
그림자는 그 자리에서 얼어붙어 있다
거기도 비어 있습니까 꼭 들어야 하는 말이 있는데
살아 있지 않은 자들의 불면이
그림자에 내려앉는 그림자를 가만히 듣고 있다
왜 비석은 머리맡에 두라는 걸까
몇기의 전생이 자신을 돌아눕고
내 몸에서 점멸하는 손톱십자가

그리고 9월이

창가를 서성이고 있다
눈은 왜 감겨주는 것일까
모든 무렵에는 불가피한 망설임이 있다
다만 전등을 끄기 위해 먼 거리를 온 것처럼
여생이란 이쪽 창이 식어가는 어떤 무렵
그때 남은 눈을 망설여 본다는 것
나는 내 눈을 감겨주고 있을 것이다

새를 먹고 사는 마을에 관한 어느 도래인*의 기록

향정신史 3

……서울에서 제일 조용한 마을로 갑니다. 오래 머무르진 않을 겁니다.

안녕하시오, 선생. 마을의 첫인사는 귀엣말에 가까웠고 펜혹 냄새가 끼쳤다. 안녕하십니까, 선생. 골목에서 시장에서 밤거리에서 선생, 선생… 모두의 모두에 대한. 그러나 곧 알게 된다. 모두들 선생이지 않으려 한다는 것을. 마스크를 쓰고 가발 같은 몸을 숨기고… 누구라도 먼저 선생이라 부르려 한다는 것을. 이방인은 마을을 들어서자마자 선생이 되는 것이다. 나는 선생이 아닙니다. 골목에서 시장에서 밤거리에서 그런 말은 쓸모없었다. 진짜 선생이 아닌 자는 선생이 아닌 척할 줄 몰랐으므로.

본의 아닌 선생들의 마을. 서로 마주치지 않기 위해 외출을 하지 않았다. 마을이 조용했던 이유… 골목은 깊어져갔다. 저녁 어스름이면 다문 입술에서 자신도 모르게 새어나오는 혼잣말처럼 미적미적한 불빛들. 가물거리며 서로의 여집합이 되어가는… 우리는 새를 먹기 시작했다. 음울하고 무의미한 제의처럼. 선생, 생각 있으시오? 선생, 새를 먹는 목소리군요. 알 수 없는 전화에 우리는 혀가 가려웠다. 대체 새가 선생과 무슨 상관입니까.

우리는 새를 먹기 시작했다… 가슴에 얼굴을 묻고 낮은음자리의 깃털들. 베갯잇 속의 발톱자국들… 들립니까, 들립니까,

선생

선생

목청을 가르고 새가 날아갔다. 목소리가 되지 못한 잿빛 염(念)… 그것은 도무지 자신의 것이 아닌 것 같아서. 자신을 속이지 못하는. 멈추지 못하는… 우리는 새를 먹고 무엇이 되어갔던 것일까. 낮은음자리의 물음처럼 골목을 흘러다니는 전단지들. 창마다 붙은 전단지들로 우리는 비행기를 접어 날렸다. 펜혹이 자라는 손으로 나는 선생이 아닙니다,라고 적는. 이 집은 선생이 살지 않습니다,라고 적는 우리의 손목은 새의 다리처럼 가늘어져가서.

자정의 백열등 아래를 가물거리며… 자신이 정말 선생이 아니었는지를 생각하는 우리는 서로가 이방인이었다는 사실을 떠올리지 못한다. 낡은 선을 타고 울리는 새를 먹는 목소리…… 낮은음자리의 목소리가 끊기자 우리는 아무것도 들리지 않는다. 혼잣말도 귀엣말도 저기, 목청을 가르고 날아가는,

** 나는 이 기록의 끝을 모른다. 어떻게 시작해야 하는지조차… 그럼에도 기록을 남기는 것은 나의 실종을 믿지 못하기 때문이다.*

Op. 23

그는 장마를 그리겠다고 했다.
*그를 찾았을 때 그는 그가 그린 그림 안에 있었다.**

잠의 눈

구름의 입술이 와 닿는다 무거운 귓속말처럼
한 눈금의 시간도 비껴가지 않았다
한 바늘의 바람도 머물지 않았다
구름은 무엇에 주렸는가
무엇을 늦추고 있는가
묻는 얼굴을 하고 있다
잘못 감았다 뜬 눈들
멀고 오랜 눈이 돌아오고 있는
우리는 눈 감은 자신에게 속할 수 없었다

모음의 비밀

누군가 몸을 웅크리고 있다
비 듣는 밤이 깊어지기 전
모음의 둘레를 삼키며
입안에 원을 모으고 있다
공 안에서 공을 찾듯이
수천 음절의 원이 하나의 원을 부를 수 있을까

수천 음절의 빗방울이 하나의 비를 부를 수 있을까
삼켰던 모음이 흩어졌다
같은 침묵을 다른 침묵으로 발음하는
비밀을 잃게 된 것
우리는 수많은 비의 이름을 지어 불렀다

구름의 그림자

구름의 그림자라면…… 우리는 가로누운 것일까
가라앉을 때까지 몸을 잠그고
다른 시간을 받아들이는 일이란 일어날까
날짜선을 되돌아온 그것이
이 방을 드리우고 있는지도 모른다
자화상처럼 구름의 그림자라면……
구름을 다 듣고 나서야 빗소리, 방을 두드린다
창이 없다는 걸 오랫동안 잊고 있었다

흐린 호흡

하나의 흐린 호흡이 남는다

오늘은 심호흡을 앓지 않아도 될 것입니다
암시가 없는 혼잣말의 세계
흐린 납 같은 호흡을 위해
우리는 얼마나 사라지고 있는 것입니까
예보를 벗어나지 못하는
우리는 서로의 플롯이 될 수 없다
천둥이 등을 두드리자 얼굴이 나타났다
떨어져나간 호흡이 저 혼자 돌아오듯
우리는 폭우처럼 무거워진다

* 이렇게 느린 구름은 처음이야.
처음이지.
처음이야.
우리보다 오랠 거야.
오래겠지.
오랠 거야.

사막의 식당

그리고 잊기로 한다
밤의 먼 태양 수염 속의 연기들
테이블 위로 궐련이 타고
우리는 잊는다 외투 안쪽으로 묻히는 기침들
웅크린 귓속을 파고드는 모래들

기억을 지우러 온 자들은 자신이 누군지 알게 된다
남은 건 여기뿐인가요.
이곳뿐이네.
누군가의 목소리를 빌어야 하는 귀들로 우리는 동일해졌다

그날 번지는 불길 뒤의 두 눈
피가 불을 멈추지는 못했다
유리종을 깨뜨린 건 종소리였다

흩어진 종소리를 모으면 그날이 멎을까
유리 조각의 눈으로 멀어질 수 있을까

물이 가졌던 얼음의 기억 같은
백야가 왔다
엎질러진 지상의 발자국을 지우는 것이겠지
기억하지 않기 위해 남은 것 같은
서로를 실종하는 것이겠지

이곳을 두번 잊은 사람은 없네.
두번 사라진 낙타는 있어도.

종소리의 조각을 귀에 담고 있는 사람이 와서
우리는 그 귀를 파먹었다

잡념의 공동체

향정신史 4

1

그가 우유를 사러 오는 사람은 일정하지 않았다
그가 자전거를 타고 오는 사람은 일정하지 않았다

10시의 그는 7시의 거리를 두고 오고
10시의 거리는 7시의 그를 돌아온다

그는 현재에 근사(近似)할 가능성이 높고
우리를 이루고 있을 확률이 있다

그는 가까운 사람과 가깝지 않은 사람 그리고 모든 사람이 아닌 어떤 사람이다
그는 불행한 사람과 불행하지 않은 사람 그리고 모든 사람이 아닌 어떤 사람이었다
그는 수상한 사람과 수상하지 않은 사람 그리고

모든 사람이 아닌 어떤 사람일 것이다
우리는 여러번 그를 처음 보았으나

우리는 그가 아는 사람이었다

그가 우유를 사러 오는 사람은 그일 가능성이 높았다
그가 자전거를 타고 오는 사람은 그일 확률이 있었다

2

머릿속을 발자국이 돌아다녀 무언가 머릿속을 걷고 있어 오랫동안 걸었던 것인지 이제 막 걷기 시작한 것인지 보폭이 일정하지 않아

모든 일이 여러번 시작된다 아무것도 각오할 수 없어서 모든 것이 여러번 사라진다 소실점이 일정하지 않아서

어느 곳을 향하는 것인지 돌아오고 있는 것인지 내가 나의 빈 난이 되는 내가 나를 빌리는 내가 나에게 무수히 가까워지는

소실점 밖을 끝없이 떨어지는 발자국 같은

3

늘 떠올린 것은 아니었다 떠올리기 전 늘 심호흡을 하는 것은 아니었다 심호흡을 하기 위해 늘 그것을 모은 것은 아니었다

늘 기다린 것은 아니었다 기다리기 전 늘 음악을 듣는 것은 아니었다 음악을 듣기 위해 늘 그것을 감은 것은 아니었다

늘 지나친 것은 아니었다 지나치기 전 늘 고개를 돌리는 것은 아니었다 고개를 돌리기 위해 늘 그것을 연 것은 아니었다

늘 그것이 다는 아니었다 일어나지 않은 일이 늘 더 조용한 것은 아니었다 우리가 그것이 되는 사이 늘 우리가 다는 아니었다

4

라디오는 유리의 톤을 갖게 되었던 듯해
자기 목소리를 산란하는 잡음의 시점을
귓속의 검버섯 같은

종소리의 혓바늘 같은
유리의 라디오어
노을의 강원어
우박의 경기어
나리꽃의 경상어
마중 나온 귓가를 배웅하고 있는데
우리는 가장 혼란한 시점을 찾아
몰입에 반대한다
흩어지다 만 목소리들
동시에 얼룩지는 침묵들
그치다 만 빗방울처럼
바람이 빠지다 만 공처럼
우리는 귀에 없는 말을 하기 시작한다
주파수를 올려도 모를걸?

슈거블루스
향정신史 5

1

설탕은 어떤 가정법을 떠올리게 합니다

나는 대답하지 않았다
어떤 만일을 떠올려야 하는지 몰랐다

사막을 떠도는 눈먼 사람
그가 가진 비경처럼
설탕과 빛은 구별되지 않았다

내가 듣고 있다는 걸 그는 알고 있다
그의 먼 눈은 사막에 묻어두고 온
한 방울의 문장처럼

눈 안에서 눈을 묻는 뜨거운 내전
눈먼 자의 언어로
자신을 입문해야 하는

몇 겹의 만일을 되돌아와
하나의 만일을 되물어야 하는
거울의 일교차

설탕이 눈을 침전하고 있으므로

2

어스름 속의 흑설탕 6일인지 9일인지
저 혼자 차려진 날짜들

혀가 지나는 데마다 변하고 있어
예감을 옮기는 반(反)물질적 혀란 무엇이지?
눈으로 묻는 자이기 때문이기도 하고

저기 수화기에 내려앉은 9 빨간 가위눌린 6
태어나서 좋았던 건 단것을 받아들일 몸이 있다는 거
나의 탯줄은 식가위로 끊겼다
배꼽이 오래 뜨거웠다

시간이 아물기라도 한 듯이 입을 다문
반감기적 생일이란 무엇이지?
변함없이 입장하는 반물질적 하루란?
되묻는 자이기 때문이기도 하고

오른손이 왼손을 두고 오는 동안
왼손이 왼손을 옮겨 적는 동안
흑설탕, 내 몸의 빈 곳을 어지르는
몸 안의 선험을 건너뛰는

양 손목의 시간을 맞추자
음력이 나를 입장하기 시작한다 6이 9를 9가 6을
마주하는 반감기 속

3

약병이 늘어나요 용법과 주의사항을 여러번 읽었어요 가방에 책이 들었다면 읽어주실래요 천천히, 가까이 좀 와서요 종일 금식해야 하는 날이면 누군가의 음성이 간절한데요 당신은 오지 않았군요 나를 철회하고 싶은 건가요 사람이 아프면 아스라해진다는데 약들이 내 눈에서 글자를 지우고 있어요

참을성이란 무엇일까요 어금니를 깨물며 나와는 먼 얼굴을 갖게 되는 걸까요 간유리 같은 얼굴로 다른 누구를 사는 걸까요 그런 얼굴들로 나는 자꾸만 늘어나는데요 문을 두드리는 나를 열어준 적은 없지만 어두운 복도를 서성일 나를 생각하면 불을 못 끄겠어요

몇달 동안 같은 곳을 읽고 있어요 아니, 그곳을 읽고 있는데 몇달이 가버렸어요 벽돌처럼 단단하지만 틈이 많은 글자들을 허물고 백색 종이가 일어서곤 해요 설탕처럼, 그래요 설탕처럼

핏줄을 흐르는 피가 들릴 만큼 아스라해지면 가장 먼저 무슨 얼굴을 잃어갈까요 얼굴 없이도 참을성을 가질 수 있을까요

차가운 추상 모델 2

젖무덤의 흰 털
'영혼의 무게 1.5'
첫 추위가 오면 후회하고 싶어지는 건지
입술이 파래질 때 한 말들을
귀가 붉어질 때까지 떠올리지 못하고
정물에 가까워지는
'영혼의 무게 1.5'
오랜 담배연기와 혓바늘
거울 속의 공기와 실핏줄
너는 동시에 사라져 있기만 하면 된다
한발짝도 거두어들이지 않은 그대로
너의 유체를 소묘할 수 있을 때까지
물들일 수 있을 때까지
오랜 시간의 손길이
너를 탁본할 테니까
영혼이란 게 있다면
그 둘레는 무엇이 소요하고 있는지
아직 듣지 못한 것이 있지만

입술이 없는 것들의 세계만 남겨두기로 한다
입술 틈으로 멸망한 것들을
우리 모르게 우리에게 음각된 시간들을
다시 불러내지 않도록
아무도 예감하지 않도록

이브에 다다르기

이야기는 점점 귀를 덮었다

창이 묽어지는 시간
맥박 하나가 몸에서 멀어지고 있다

동요할 거 없어 얘들아, 지금 듣기 시작했어도

수시로 모르고 듣거나 어느 곳이라도 이어 듣거나
태초란 점점 더 먼 데서 다가오지
이제 조금씩 다른 행성이어도 되는데

정든 어깨 부근에서 얘들아, 조바심 낼 거 없어
몇번의 나쁜 피를 돌이켜본 게 다니까

맥박 속을 돌고 있는
모음의 무늬 같은 것들
우리에게 남은 태초란 그것뿐이니까

우리가 우리에게 잊혀진 반복이거나
다음 이야기가 궁금하지 않을 때
귓바퀴의 뒤란에 붙들려보자

이야기를 물들여 귀를 덮는 믿음을
눈짓으로 손짓으로 묵음의 합창을

창의 이면을 번지는 묽은 중력
멸종처럼 지상으로 돌아가기
다른 이야기가 들리기 시작했어도

동요할 거 없어 얘들아, 우리는 다다를 데가 생겼는걸

블라디보스톡
향정신史 6

,

　　　이생이 처음인 듯 숨기는군
돌아갈 데가 몸밖에 없는 누군가의 기억일 거야
　　　서로의 끝이 되어두자
네가 나의 전생이라도 되니

,

　　　아무도 거부하려 하지 않아
아무도 견디려 하지 않지
　　　아직도 이중부정을 긍정이라 믿는 사람들이 있어
이중구속을 자유라 믿고 있는 사람들도 있지
　　　내일을 태운 열로 오늘을 살고 있네
슬프다고 말해야겠네 나눌 게 혁명밖에 없어서

,

　　　그런 데서도 사람이 살더구나
그런 데서도 사람은 죽죠
　　　좋아하는 사람은 있니

사람은 좋아하지 않아요

좋지 않은 생각이구나

사람은 나쁜 것들의 천국이잖아요

뭐가 그리 두렵니

당신의 사람이 될까봐요

,

죽은 신까지 받아들여야 해서 내 몸이 내 몸이 아니었네

받아들임이란 본시 내 것이 아닌 것에 대한 것이네

덧없이 사무치는 건지도 모르겠네

본시 생이란 더없이 덧없는 데서 덧나는 것이네

무화과의 꽃 같은 말이군

자네가 받아들인 건 누군가의 경악 같은 것일지도 모르네

,

춤을 버리러 가

꼭 그래야겠어?

그래야겠어

너를 알아볼 수 있을까?

사람들이 우리보고 뭐라 그러는 줄 알아?

,

생각을 하거나 감정을 갖지 말아요 외면하지도 주시하지도 숨을 고르지도 말아요 오늘 물이 잔잔히 끓는 건 누군가 나를 잊었다는 거

잘못 보냈습니다

……숨을 계속 쉬어줘 내 숨을 줄게 내 숨으로 숨을 쉬어줘 내 숨을 다시 불어줘 내가 모르는 나 내가 모른다고 생각하는 나 내가 몰랐으면 하는 나

잘못 걸었습니다

,

한번 일어난 일은 사라지지 않습니까? 한번 일어난 일은 끝없이 일어납니까? 세상에서 완전한 건 시간뿐입니까? 완

전히 사라지는 건 시간뿐입니까? 아는 사람들은 타국으로 떠났거나 타계했어요 어떤 시간이 더 필요할까요?

모르겠어요 이 세계만으로는 어쩌면,

본질범

1
기억을 우회해야 할 시간
어제는 잠긴 방 안에 있고
자기 방이 생기고 나서 무서워진 아이처럼
눈 속에서 유리되는 눈들
막다름마저 멀어져
먼 쪽의 눈을 놓치면
없었던 기억에서 피는 버짐 같은 것들
녹 같은 것들
몸에 꼭 맞는 막다름처럼
잠긴 방의 형기를 늘린 건 나였다

2
머릿속을 고이는 잔해들로 암전
출처를 알 수 없는 악몽 한알을 삼킨다
그믐처럼 머릿속을 잠복해 있는
용의들은 어디서 고인 것일까
종일 두 손이 서로를 두려워하고 있다
오랜 공범으로서 자신에 대한 완전범죄

어느 악력이 오늘을 꽉 쥔 손에 남을까

3

그것은 현실에서나 가능한 일
나는 어떤 현실에도 속하지 않았다
'나는 갱생이었던 적이 없다'

4

속에서 열없는 팽이가 돌고 있다
흩어진 얼굴을 비워야 할 시간
속을 끼얹듯 세수를 한다
'나는 반성문에서 시작되었다'
무엇이 잘못인지 모르면서 뉘우치면서…… 어떤 거짓이 나를……
이제 그것을 자백하자
그것을 위해 지금껏 말을 잃지 않은 것처럼
말하지 못한 것과 말할 수 없는 것이
식초처럼 말갛게 속을 비운 얼굴로

제2부

이안류 2

우리의 피가 당신에게 발원한 줄은

뜨거운 거미줄에서 알을 낳는 나방들
거미줄을 끊다 알을 삼킨 여자의 삼백안

그해 가뭄은 여자의 몸속에서 우화하는 나방으로부터 시작되었다

가물어가는 새떼의 붉은 눈알
자신의 피로 목을 축이는 짐승들의 가파른 숨결

아이들은 살갗을 흘러다니는 소금꽃을 바라보며
갈라진 손톱으로 눈알을 긁었고
들불 사이에서 가는귀가 멀었다

어느 밤 거미줄의 지평선을 붉은 새가 찢고 날아갔을 때
누군가의 행방불명이 묘비에 음각되었다
들불이 일듯 들끓는 나방들
들을 건너는 뜨거운 요령 소리

먼동의 비탈은 잿빛이었고 몇 방울의 피가 흘러 못이 고였다

못에 풀어지는 홀몸 냄새
오랫동안 젖이 도는 일이 없었고
무채색의 열매들이 열렸다

색맹의 아이들은 못에 비치지 않았고
밤새 자신의 몸에 간지럼을 태웠다
늘 눈썹을 타고 내려오는 거미줄이 보여
우리의 발원지는 부푼 묘지였어

태내적 귀 2
마라

이것은 마라의 거울 냄새
눈 위에 새벽을 그려넣는다고 될 일일까
마라는 하루 내내
언 손을 녹이며 거울 앞에서

나를 시소 태우지 마라 마라
나는 거울을 볼 줄 몰라
시계를 볼 줄 모르듯

내가 와서 마라는 이울기 시작했다
내가 와서 마라를 이울기 시작한다

돌아누인다고 될 일일까
후렴처럼 안 지워지는 눈가의 그늘
다르에스살람 다르에스살람

미리 부르지 마라 마라
귀도 안 난 내가 가려워져

점점 이울어지는 이 안을 딛느라
나는 예감의 흰 발을 갖게 되는데

마라 모르게 이 안에 있는 건 아니겠지
줄 없이 떠 있는 그네처럼
남겨질 수 없는 데에 남겨진 건

귀를 그려줘 마라
대답을 들어봐야겠어
느리게 감기는 눈을 보면
마라의 흰자위를 갖게 되는 걸 텐데

거울 속의 눈처럼 지워야 하는 거라면
눈을 다 지워도 그늘이 남는 거라면
나를 다시는 갖지 마라 마라

困

밥을 먹고 누웠을 때 나는 분실되었다
체외수정되는 목소리를 들으면서도 움직일 수 없었다
몸 안에서 멀어지고 있는 메아리 같은 것

그 끝자락을 쥐가 오르내리고 있다
어느 섬에서는 과일바구니에 숨어 바다를 건너온 쥐들에게 씨를 빼앗긴 한 종족이 동굴로 들어가 몰래 뜨거운 씨를 뿌렸다는데 검붉은 눈 같은 그것을 먹고 자란 섬사람들은 내장과 대화를 할 수 있게 되었다는데

그것은 귀를 막고 있었다는 뜻이 아닐까
귀를 막고 내장까지 도달하는 일
검붉은 씨가 가라앉는 동안 몸 안이 뜨거워졌을지도
바닷물을 마시고 산 미라가 되었을지도

귀는 먼 곳을 듣는데 몸은 저녁을 향하는
나의 타원운동 또한 여러해 식탁에 나이테를 긋고
유통기한을 회전하는 쥐들과 엇갈리면서

困에 들리고 있다
몸 안의 낮과 밤으로 먼 시간의 내장을 불러오는
그 열없는 충혈이 나를 발굴할 때면
몸 한쪽이 困困해진다
한끼 밥을 먹고 며칠을 앓기도 하는 것이다

困이란 시간이 잠시 놓아준 것인지도 모른다
나에게서 멀수록 묽어지는 귀가
오래전 더빙된 것 같은 목소리를 흘리기 시작하면
입 속에서 검붉은 씨를 발견하게 될지도

위성도시에서 보낸 편지

기차가 지붕을 흔들 때마다 성격이 바뀌곤 했어
집이 서울 쪽으로 기우는 것 같아
강아지도 지붕을 향해 뛰어올랐는데
발톱이 두개밖에 남지 않았었지
주전자가 이글거리는 계절부터 주전자가 검어지는 계절까지
멈춰 있는 낮달
전날의 웃음소리와
얼어가는 뒤란을 간직한 건 그림자들뿐이었지만
목을 축여주지는 못했어
그들은 파리한 낮달처럼 말이 없고
계단을 짧은 양말로 내려오는 저물녘
빈 거리를 사귀었다고 하는 게 맞을 거야
펄럭이는 천막이 잃어버린 외투 같을 때면
눈을 찌를 만큼만 머리를 자르고 싶어져
눈썹 위의 바람이 잘리더라도 머리칼로 덮을 수 있게
주전자가 검어지는 계절부터 주전자가 이글거리는 계절까지

편지가 되돌아올 때마다 성격이 바뀌곤 했어
낮달을 보면 왜 목이 마를까

판화처럼 나는 삽니다

판화처럼 나는 삽니다
날마다 나비의 무늬를 읽으면서
서부음악을 듣습니다
채식주의자는 아니지만 채식을 주로 하는 편이지요
우연히 상추에 붙은 나비 알을 먹고 나선
나도 모르게 뒤꿈치가 들려요
그럴 땐 빠리나 서귀포가 생각납니다

판화처럼 나는 삽니다
어떤 날은 터널이 계속 이어지기도 하지요
터널 저쪽엔 비가 오기를 바라지만
터널 그리고 터널,뿐이지요
물잠자리의 날개와 독버섯의 얼룩이
눈앞에서 맴돌아요 그럴 땐
아주 먼 옛날이야기를 듣고 싶어집니다

일주일에 한번씩은 책방에 갑니다
거기서 사랑의 묘약을 찾은 적이 있어요

부끄럽게도 마음이 설레었던 거지요
그렇지만 이성의 잠은 괴물을 낳는다*는 걸 믿습니다
조심하지 않으면 박쥐들과 부릅뜬 부엉이들이
나의 행운을 뜯어먹으러 달려들 거예요

가끔 꿈속에서 운 날 아침은 눈이 맑습니다
그럴 땐 눈 위에다 예쁜 나비를 새기고 싶어요
눈꺼풀을 깜빡일 때마다 날개가 접혔다 펼쳐지겠지요
판화처럼 나는 삽니다
언제 한번 놀러 안 오시겠어요?

* 고야의 판화.

얼굴 없는 동물이라면

아무래도 얼굴이 고픈 것이다
기를 동물을 수소문하는, 매일 밤

시간에 서툰 동물이라면
계절이 달라도 괜찮겠지
이른 몸이어도 괜찮겠지

문득 액자를 열고 나온 것 같은
그런 얼굴이 아니라면
얼굴 없는 시간이 고일 때
자신을 달래는 동물이 아니라면, 매일 밤

알몸으로 기르겠다
얼굴 냄새 미끄러운 허공을 씻기고
서둘러 기를 수 있다

허공을 만개하는 얼굴들
시간을 만발하는 표정들

얼마나 많은 얼굴을 흘리고 있는지
마르지 않는 표정이 고이고 있는지
묻는 얼굴은 하지 않았으면

액자가 걸려 있던 자리처럼
누군가 오래 돌아보았던 거울처럼
물끄러미 시간의 나신이 되어가는 얼굴이라면

계절이 다른 밤을 도와
이른 얼굴로 돌아와 있는 동물이라면
자신을 닮아갈 줄 모르는 동물이라면

일요일들의 우즈벡

율리아는 이 나라에 안 어울려요 하나도 온 적 없는 내일도

잘못 들었다고 믿고 싶은 음성의 몇번째가 너의 진짜일까 다 알아들었으리라고는 믿을 수 없다

당신들은 〔사ː람〕을 몰라 그래 나는 너의 사람을 몰라 〔사ː람〕도

무슨 일요일이 편해요? 너는 없는 앞니를 더듬는다 그게 늦은 인사라도 된다는 듯이

나는 다른 일요일이 없고 너는 한순간도 귀화하지 않는 세계

율리아는 너의 우즈벡에서 온 것이지 네가 없는 우즈벡을 떠난 게 아니다

저런 음성은 어디서 맞추어놓은 걸까

당신은 당신의 〔사:람〕을 들어본 적 있어?

네가 참고 있었던 말이 보글-보글 나의 귀에서 끓고 있는 것이지

시민 해적판

오전 열시의 싸이렌
우리의 동작은 바뀌지 않았다
어제를 싸이렌으로 듣는 것
그 새를 비집고 들어오는 오랜 자세들

한때,라는 것이 없는 우리는
그때가 좋았다고 할 수 없음에도
불구하고
살구빛 연탄재 깔린 샛길에서
해적 깃발의 도움을 받았다
우리는 여직 그 변두리 팀을 응원한다

공은 둥글지 않았다
공이 주인공이 아닌 공놀이
아무도 모르는 구호를 속삭이면서
우리는 해적 깃발 아래 모였고
시합을 지속시키기 위해 계속 비겨야 했다
모두가 승부차기에 들어갈 때까지

몰랐지만, 운이 나쁠 때 실력이 드러나는 법이라고

우리는 우리도 모르는 각오를 속삭이면서
변두리의 식도에 닭을 묻었다
식도가 가려웠음에도
불구하고
불을 놓기에는 연기가 시끄러워질 테니까
닭들이 목을 내밀려는 건지
모래가 바람을 삼키는 건지

몰랐지만, 우리는 질병의 도움을 받았다
빈 링거에 오늘들이 담기는 동안
안 죽고 살아남느라 박한 운을 다 써버렸다
우리의 혈관은 퇴로가 아니었고
장기는 각서가 되지 못했다
잇몸을 떨며 샛길을 배회하다 올 때까지
다만 살아남기 위해 박한 운을 다 써버릴지
몰랐지만

우리는 정부의 도움을 받았다
처음에는 그것이 몰려드는 벽인 줄 알았는데
덜덜 떨고 있는 벽돌 틈에서
우리가 적었던 글자들을 보았다
철컥철컥, 소인도 찍지 않고
변두리를 어딘가로 부치려는 것인지

몰랐지만, 샛길은 모여서 사라지고
우리는 텅 빈 유원지의 밤에 서 있었다
느린 휘파람을 불어보았음에도
불구하고
만국기를 걸자마자 쓸쓸해진 유원지의 밤에서
우리는 불운을 나누느라 운을 다 써버렸다

어느 한때에 운을 몰아주지 않는 건
그걸 골고루 나누기 때문이라고
믿을 수 없었지만

박한 공은 다시 우리에게 넘어왔다
공이 주인공이 아닌 공놀이
우리는 여직 그 변두리 팀을 응원한다

오후 네시의 싸이렌
깃발을 옮겨 다닐 뿐 시합의 끝은 아니었다
승리도 패배도 무의미해질 때까지 무작정 오래 끄는 것
승리가 패배를 빌 때까지
무한정 순수한 파울

여전히 우리는 오늘이 붙박이는 소리를 들었다
그것은 우리도 모르게 돌고 있는 해적판인지
소리 죽여 돌고 있는 해적판인지
오후 네시의 싸이렌
우리의 동작은 바뀌지 않았다
동작을 비집고 오늘로 착지하는 자세들
잊지 않고 오늘을 해적판으로 들을 거라는 것

무소유 축구

○

압록의 여름들

1/2

川은 수프처럼 걸쭉했고 어깨에 국자를 맨 아이들은 수초 그늘을 긁어먹곤 했다

1/3

달이 월척으로 뜨면 밤의 川을 휘휘 저어 간을 맞추었다 주섬주섬 물결이 달을 입는 소리 물결이 옆구리를 간질일 때면 달 얼룩으로 과자를 만들었다

2/1

물소리가 묽어질 무렵 川으로 검붉은 발자국들이 흘러왔다 아이들은 발자국을 세느라 눈이 나빠졌고 한 국자 눈물일지 川일지 쏟아내고 나면 시든 무처럼 몸에 바람이 들었다

2/2

수초 그늘 아래 아이들의 눈이 체외수정되었고 눈 없는 물고기가 태어나기 시작했다

3/1

아이를 받는 동안 그는 달아났다 생가를 지나 무당나무를 지나 수초가 발목을 감고 川으로 아이의 울음이 이명처럼 번졌다

3/2

게가 게를 물고 은어는 은어를 씻었다

3/3

그는 귀를 막고 川에 몸을 담갔다 川이 그에게 고였고 그는 갈라진 혀로 몸속의 어둠을 더듬었다

4/1

川의 암묵이 시작되었다 갈라진 혀가 돌아올까 모두들 혀를 물고 있었고 사람들 사이에 검붉은 달이 괴었다

4/2

사람들은 川에 그의 눈을 그리고 바늘을 꽂았다 川은 그

런 눈이 모여서 흘러가는 것일지도 몰랐다

5/1

음력이면 눈먼 아이들이 태어났고 눈 안에서 물결에 눕는 밤이 피어올랐다

1/1

"눈에서 수초 향이 나."

"너의 조상을 사랑해."

미발달 7일

눈은 눈물에서 태어난다

저학년은 어려웠다
아…… 하자
7일

길고 좁은 복도보다 더
첫 수요일보다 더
어렵고 괴로웠다

알았을까
매일 눈을 그려넣는 사람들은
아, 하면 아, 해야지
툭하면 이런 걸 시키는

사람들은 내 눈 속에서 물고기 무늬를 보았다고 했다
고양이가 내 눈을 오래 바라보는 것 같기는 했다

아무래도 눈물을 삼키는 게
아무래도 무늬를 멈추는 것보다 더

수요일을 늦추는 것보다 더

어려운 일일까
아, 하면 아, 해야지
눈물은 고여 있기만 했는데
눈 안에서 무거워지기만 했는데

눈물을 흘리면 눈이 생길까봐 무늬가 쏟아질까봐

아…… 했다
아…… 하자
7일

어째서 그게 시간을 갖게 되었을까
지금에 속하게 되었을까

7일이 자라기 시작하면
눈에 남은 무늬는 잠잠해지겠지

눈 속으로 깊이 들어가겠지

텅 빈 첫 주를 뒤척이면서
끝없이 받아쓰면서

유리감기

지상의 감기는 얼마나 많은 색의 알약을 숨기고 있는 것인지. 물잠자리 날개 색 같은 병색이 있어. 알약이 가라앉으면 감기는 이내 투명해지는 것이다. 유리창을 번지는 이마의 감촉. 가는 식물이 흔들리듯. 지상의 감기는 얼마나 많은 이마를 머물렀다 가는 것인지. 미열의 통로를 숨기고 있는 것인지. 나를 예인하는 기색을 짚어보며 혼자였던 적. 머리맡을 살러 온 감기에 혼몽이 열리는 것이다. 지상의 혼몽을 경유하는 이 감기는 내게서 적요해질지 모른다. 기시감처럼 자신을 보내면서 다시 내게 머무르는 것인지도. 어떤 감기는 난청을 불러오게 하는지도. 감기가 안 떨어진다고 하는 것은 그런 것일 텐데. 유리창을 멀어지는 귀는 때로 난청색이다. 알약이 눈뜨는 순간의 병색. 가라앉을수록 완연한 무엇. 우리의 감각은 너무도 맑아 지상의 모든 감기를 살겠어. 모든 기색이 들리겠어.

바나나와 그리고

바나나와 그리고 흐린 날이 시작되었다
입구를 찾지 않고 지낼 생각

언어는 뻗어버렸습니다 눅신눅신 욱신욱신
입구를 모르는데 뜻이라뇨

바나나 바나나 숲에 가보았니. 숨구멍은 모두 그곳에 두었지. 숲의 하루는 잠자는 숲 속이 되었는데.

바나나와 그리고 흐린 날이 계속되었다
나는 내가 녹색으로 보인다고 말한다

흐린 날의 바나나는 얼마나 바나나일까요
바나나 바나나 속에서 눈이 커가는 벌레들

나는 바나나의 흑점을 잘못 옮기고 있는지도 모르겠습니다
언어가 뻗은 자리마다 변하고 있는데요

바나나 바나나 숲에 가보았니. 땀구멍은 모두 그곳에 두었지. 숲의 하루는 품은 열이 되었는데.

바나나 바나나의 시간 밖에서
바나나 바나나의 뫼비우스와 그리고 나 또한 가보았다는 생각

바나나 바나나의 흑점을 열어보지 말 것
이다음이 무엇인지

나는 한쪽 눈에 벌레가 남았다고 말한다

완료형 고양이

얼굴 없는 울음은 파스 냄새가 난다

석양의 고양이는 모두 같은 고양이
기우뚱한 몇번의 자세가
고양이를 포개놓은 듯해

파스 냄새 고이는
그것이 동시에 하나든
여러번 하나이든
기울어질 데라고는 자기 몸뿐

기울어지다 얼굴을 놓치면
투명하게 떠 있는 눈
차가운 무중력의 한 점처럼
자신을 순간 완료하고 있는 시제처럼

제 안의 울음이 얼굴을 갖게 되면
자신을 빠져나오지 못할 테니까

밤의 고양이는 다시 하나여야 한다
눈의 시제에 얼굴이 고이듯
동시에
여러번

물옥잠

그녀들이 하얀 발을 내밀었고
나는 번갈아 핥아주었다
왼발의 여자에게선 복숭아 향이 났고
오른발의 여자에게선 장맛비 냄새가 났다
새빨간 매니큐어의 밤
발톱들이 무척이나 반짝거려 먼 별들도 비출 듯한데
그녀들은 어깨에 담요를 두르고서
물옥잠에 대해 말했다
주렁주렁 꽈리를 튼 혹과 꽃들의 전
성기에 대해
부레가 부푸는 늪의 밤에 대해
그녀들의 말은 스펀지처럼 가볍고 구멍이 많았지만
귀 기울여 듣다보면 피가 맑아지는 느낌이 들었다
철새가 날고 풀벌레가 울고 수초들이 자라
나의 방은 고요한 습지로 변해갔다
물옥잠의 자맥질에 밤은 깊어가고
그녀들의 발은 달빛을 받아 하얗게 빛났다
나는 달빛을 번갈아 핥으며

새벽이 벗겨질 때까지 그녀들의 상상 속에 머물렀다

페페 2

가지에서 떨어지다
허공에 남은 잎이
시간을 모으는 것처럼
들려

뒤늦게
느린 그늘이 도우러 온다

4월의 잠과
가라앉는 그늘의
이중주

식물적인 음 하나가
귀에 흔들려 있다
잠에 결을 내는 숨처럼

시간이 머물지 않은
음은 가지가 없어

귀를 돕듯
숨이 내려앉으면
내일이 오늘을 나오지 못할 수도 있겠다

성 식육일

해바라기를 보고 해바라기를 지나 프랑스 삼겹살 사러 간다
해바라기에게 해바라기를 묻지 않듯 프랑스를 프랑스에게 묻지 않는다

그것이 우리의 음질을 좋게 합니까

우리는 다만 더 저물기 전에 프랑스 삼겹살 사러 간다
'더 저물기 전에 프랑스 삼겹살'이라고 말하면 어딘지 빈 소복을 입고 있는 것 같다 소복을 입은 석양의 프랑스 같다

저기 몰려나온 음영들 좀 봐 해바라기는 자꾸만 낯이 가려운데 우리는 얼굴을 가진 자가 하나 없어 얼얼해질 때까지 프랑스 삼겹살 사러 간다

그럼에도 꼭 프랑스여야 하냐고 묻는다면 우리는 하나둘 해바라기를 생략하기로 한다

들립니까, 우리는 막 숨을 참기 시작했습니다 얼굴을 머금기 시작했습니다 빨강 하양 삼겹에 시퍼런 멍이 들도록

우리의 빈 소맷자락을 불거지는 몸서리들
귓바퀴를 수런거리는 느린 음영들

해바라기가 석양의 귀를 속살거릴 때
우리는 우리의 음질을 씹어보고 있는 것이지

탁구

우리는 탁구대 위에서 탁구를 연습하고 술을 마시기로 한다 그의 아내와

탁구알이 오갔던 소리는 작고 둥근 선분을 그리며 탁구대 위를 낙하하고 있었다

술은 한모금 탁구알 같았다 우리는 낙하하는 선분을 바라보며 오늘로 갔다

그의 아내는 탁구알처럼 웃었다 몸속을 돌아다니는 알들과 함께 우리는 가벼워질지도 몰랐다

술이 오르고 있었고 여음처럼 여러개의 알들이 이울고 있었다

어느 것이 오늘에 속하는 건지 알 수 없었다 그녀는 천천히 눈을 감았고 알들은 수런거렸다

우리는 술잔을 놓칠까 꽉 쥐는 손처럼 어둠 속에서 홀로 탁구알을 쥐고 있는 사람을 본다

탁구대 위에서 오랫동안의 여름이 오고 있었다

결핍체

당신에 관한 소설을 쓸 때 당신은 결핍증을 앓고 있었다

당신을 위한 아다지오
하루에 한 문장 이상 쓰는 건 내게 과분했다
펜의 부기가 빠지길 기다려야 했고
차가운 펜에 닿으면 감기가 걸리곤 했다
소설이라는 건 주위를 맴돌며 핵심을 피해가는 거라서
때로 사소한 감정들이 남기도 했다

당신에 관한 소설을 쓸 때는 순간을 받아 적는 일이 전부였다
그건 자서전과는 다른 일
조금 잔인한 방법이었다
당신이 말할 때 튀는 침과 그 침에 섞인 희망이라고 해야 할지 그런 욕망과 그 욕망에 담긴 비겁함과 그 비겁함을 둘러싼, 그래도 삶은 계속된다는 터무니없는 용기를 나는 받아 적었다

서서히 볼륨이 커가는 당신을 위한 아다지오
이다지도 다듬지 않아 더듬더듬 읽게 되지만
그건 당신에 관한 소설이니까
그건 당신의 완전한 결핍이니까
당신은 검열하려 하지 말았으면 한다
수혈을 하거나 약을 먹는 당신에 관해 주석을 달까도 했지만
그건 이미 써버린 소설
차곡차곡 한 문장씩 당신을 없애는 거

31일, 2분 9초

I was her horse*

농구공이 공중에 머물렀을 때 나는 너의 시점을 잃기 시작한다
담쟁이 잎이 공중에 원을 그렸을 때 나는 너의 인칭을 잃기 시작한다
빗방울이 2분 9초의 그림자에 닿았을 때 나는 너의 시제를 살기 시작한다

너를 영원히 사랑한 적이 있다

* múm의 음악.

제3부

∞의 이데아 2

시간은 너라는 정지를 딛고 있다

어느 밤 시간의 아교질이
뒤틀린 골반으로부터 너를 멈추어
시간의 뼛조각이 될 것

너의 잠은 물기가 말라가는 그늘 속에서
몸이 되어가는 시간을 앓는
그 무렵 가장 얇은 물결

시간의 피붙이들이 너의 잠을 쏟는다
눈 안으로 돌아오지 않는
감은 눈들이 수없이 사라져 있어

흐린-회색빛 뼛조각이 가라앉을 때까지
반딧불처럼 너의 몸을 흘러다닐 때까지

몸 안의 그늘이 말라가는 인광을

너의 물결을 떠다니는 무한이라고 말해둘게

너였던 적 없는 한순간을
무한히 뒤척이는
너는 한 조각씩 고이는 시간이다
한 조각씩 사라지는 나다

나의 이데아가 되어줄래?

겨울 SF

눈

출발한 사람들과는 달랐으나 우리가 도착했다. 눈 오는 하늘 냄새를 그리워하던 사람들과는 달랐으나 우리가 그리워할 차례였다. 태어날 때부터 우리는 오고 있었고 우리에게 눈보다 강한 신념은 없었다. 폭설의 예감처럼 북극을 감고 있던 아홉 꼬리가 풀어지고 있었다. 설맹의 시간이 왔고 우리가 울 차례였다.

숲

눈보라가 아홉 하늘을 떠돌고 있었다. 고사목 사이 올빼미가 아무리 고개를 돌려보아도 숲은 둘레가 없었다. 숲이 호흡을 시작하면 숲을 빠져나올 수 없겠지. 눈보라 속에서 서로의 미로가 되어가는 것. 발자국은 점점 불가능한 타원을 그리고 고사목에서 백발이 자랄 것이다.

새

새들은 울음을 쏟아두고 어디로 날아갔을까. 폐타이어를 보며 그가 말했다. 새들은 짐승의 눈을 파먹고 자신을 들을 수 없게 된 걸 거야. 새들이 북극을 두려워한다는 걸 알고 있는지 모르겠군. 그의 목소리에 그늘이 들었다. 폐타이어에 얼어붙은 울음이 자신을 유영하고 있었다.

눈꽃

시베리아나비가 눈꽃을 빠는 창가에서 빨다 남은 눈꽃을 듣는다. 너는 어느 창가에서 듣고 있는지. 눈꽃이 귀를 여는 순간을 너와 잠시 눈을 감아보는 시간이라고…… 눈꽃이 고요를 입는 동안,

해

밤의 태양 쪽으로 잠든 눈은 몇촉일까. 바람이 설원 쪽으로 풍차를 돌리는 동안 빛을 놀고 있는 시베리아나비를 보았다. 풍차 아래서 수영복을 입고 돌아다니는 아이들을 보았다. 잠의 뿌리에 얼어붙는 시린 촉의 빛. 점점 멀리서 껴안는 눈 속의 흑점.

읍

실종의 인사를 나누던 시간은 추락하는 인공위성에 녹음되었다. 행성의 한살이는 소읍에서 종료될 것입니다 지구는 이미…… 우리는 인사 대신 아침을 차렸다. 행성의 부음이 오랜 후에 닿듯 우리에게는 다시 몇광년이 필요했다. 아침은 부러질 것같이 어두웠고 궤도를 이탈한 인공위성의 이름은 천국이었다.

눈사람

오늘의 눈이 녹는 동안 어제의 눈이 쌓인다. 어제의 메아리에 내려앉은 새들은 날개가 얼었다. 영하의 거울 속에서 초인종이 울렸고 올빼미의 눈을 한 사내가 기다리고 있다. 첫 발자국을 향해 몇광년을 건너온 눈사람의 속도로. 절대영도로 이루어진 고집스런 녹는점으로. 사내는 겨울을 깁기 시작한다. 어디선가 가만히 목격되어 있을 발자국들로 자신의 액자가 되어가는,

삼양동길

2004. 2. 29.

…물안개…수정…연분홍…꽃샘…민들레…호랑나비…아담…보고 또 보고…탈랜트…향기에 젖은 남자…그대 없는 빈자리…첫사랑…나이스…달맞이…옛님…파라솔…금모래…오렌지…은하수…금잔디…상록수…스크린…콘서트…요코…민애…엔조이…황진이…둥근달…행운…공작…모아…한마음…넝쿨…여정…약속…단추구멍…미성…또와…좋은날…물보라…장미…태양…만남…플라워…마돈나…우산속…

…우연은 오늘 문을 닫았고

…하루는 아직 남았네

고요한 질주

나는 진공 속을 달리고 있어. 너무 일직선이라 달리고 있었다는 것을 잊곤 하지. 누군가 발을 놓고 갔는데. 그건 그림자하고는 다른 걸 거야. 아빠,

나는 왜 잠이 들어서야 달릴 수 있는 걸까. 몸에 식물이 흐를 만큼 오래 잠들어 있어야 하는 걸까. 그건 우주에는 인류뿐인가,라는 물음과 같은 고요란다. 그런 고요를 듣기 위해서는 봄을 다 써야 할지도 모르겠다.

하지만 나는 빛을 터는 나비의 고요가 아니잖아. 그림자를 벗는 뱀의 고요가 아니잖아. 아빠의 등에서 나던 겨울. 바람 소리가 고요를 흔들고 있었어.

발을 좀 디뎌라. 아빠는 그림자가 없는 날이 너무 많아. 산에라도 좀 다녀라. 오래 살아도 언제 살았는지 모르는 그림자가 있단다. 조심해라. 거기에 몸을 적시는 것은 자신이 누군지 알게 되는 일일 거란다.

며칠을 잠들어도 나는 발이 닿지 않았는데. 잠을 지우면 꿈만 남을까. 꿈속에 발을 놓고 올 수 있을까.

아빠의 고요가 나를 듣고 있었으면 했지만. 나는 겨울에 남을래. 내잠의질주를조금도띄어쓰지않을거야. 내 잠에서 그만 나와줘,

모노게네스

누구의 이교도인가. 누구의 울음을 빈 것인가. 그렇게 태어나지는 않았지만 점점 예수가 되어가는 사내. 그를 비워둘 수 없으니. 이교도의 목소리로 전해야 하나.

다시는 태어날 때 울지 않겠다

누구의 목소리인가.

자고 일어나면 예수가 되어가는 사내. 검은 물이 번지듯 믿지 못하는 잠에 들었으니. 그믐을 우려내는 아침마다 얼굴을 엎지르며. 두 눈에 자신을 유기하는. 자신에게 남는 외면. 누구의 얼굴인가.

나는 나의 자식이다

서서히 그의 눈은 군락을 이루었다.

그리고 긴 대결의 시작. 점점 혼자서 태어나는 사내. 누구도 미리 닮을 수 없는. 누구와도 이미 나란할 수 없는. 자신과의 심열이었으니. 끝까지 껴안으려는 자에게는 끝나지 않는 대결. 누구도 그를 비워두지 않는데.

너를 사랑해 보이겠다

그런 결기에 찼던 것일까.

언젠가 그가 태어나지 않는 세계에 대한 약속. 하나의 목소리를 건너온. 목소리 끝까지 그림자를 거둔 이교도처럼. 우리는 약속을 비워둠으로써 비로소.

서로의 얼굴이 되어 처음으로.

샴의 모자

모자를 돌려 쓴다는 것은 무엇이지? 같은 모자를 노크한다는 것은. 똑똑, 이미 너의 머리가 있다. 모자 밖을 모르는

우리의 야경이 겹친다. 가령, 모자 속에서 머리를 기대는 것. 모자 속을 몰두하는 귀는 닮을수록 닮아가서

밤의 양들처럼 같은 믿음에 빠지게 된다. 모자 안에서 시작되어 모자 안으로 돌아오는. 그런 순례에서 다른 무엇을 생각이나 할 수 있었겠니?

시간을 모방하는 모자. 그건 약간의 사실 쪽에 가깝다. 모자 속으로 스미는 흰 새에 대하여. 모자 안에서 돌아오지 않는 얼굴에 대하여

모자를 무릎까지 푹 눌러쓰고 사라졌다면. 정말, 사라진다면

모자의 깊이란 무엇이지? 하나의 모자를 덥힌다는 것은

나를 길들이는 묵념 같은 밤들에 대하여

그것은 동물원에서 시작되었다

그것은 필요 이상의 전력 질주였고 예상외로 빨랐다

그들은 자신의 특징을 하나둘 지워나갔다 코끼리는 코를 얼룩무늬뱀은 얼룩을 긴꼬리원숭이는 꼬리를

그것은 곁뎁도 절실이나 잉여도 아닌 무엇이라 해야 할지 모를 무엇을 닮아가기 위한 질주 같았다 모두가 나인 것 같지만 나도 아니고 너도 아닌 것들이 뒤섞인 어떤 마비

그들은 예상을 벗어나 인간을 닮아가기 시작했다 몸에 가뭄이 들 만큼 긴 울음으로 코끼리는 인간의 입술을 얼룩무늬뱀은 살갗을 긴꼬리원숭이는 손을

인간을 닮아가는 일이 그들에게는 감염 같은 것이어서 그들은 점점 보지 못하고 듣지 못하고 맡지 못하게 되었다

자신을 지우고 인간의 몸을 살아가는 그것은 인간의 감각으로 인간을 망각해보려는 것이었을까 인간의 몸으로 자

신을 만지면서 그들은 자신의 외부에 있게 되는 것일까

그들이 들고 서 있는 하나의 얼굴로 동물원은 고요해졌다 그들의 몸 밖에서 울음이 말라붙는 동안 추위가 시작되었다

자신을 보러 겨울 동물원에 가는 일

인간들이 인간을 지우기 시작한다

염전

두 눈이 멀어지도록 작열하는

우리는 어떤 체위의 끝입니까

태양은 시간을 몽유하는 붉은 짐승

멀리서 말라가는 호흡처럼

때를 잃은 몽유가

한 방울, 망막 위에서 굵어지는 시간

몸 안의 머나먼 생물을 들추는

우리는 무엇의 이복입니까

끊임없이 망설이고 있는 마른 호흡들

몸의 물결로 닿아오지 못한 시간이

무수히 체위를 비우는

우리는 우리라는 노동이 남았다

π

해가 세 아이의 머리에 얹혔습니다

남은 둘이 될 때마다 해를 나눕니다
남은 일이 그것밖에는 없다는 듯이

무언가를 잃고 남은 것은 아닙니다
목 위에서 기우는 얼굴을
아니라고 믿어버린
얼굴을 생략해버린

아이들은 셋이 다라는 것을 알게 되었습니다
번갈아 목을 비워두기로 한 것이지요

하얗게 달구어진 눈을 가라앉히며
얇은 그림자로 돌아오는 아이를 위해

남은 둘은 머리를 기댑니다

사이가
없습니다

셋의 띄어쓰기는 언제 시작될까요
목 뒤쪽을 닮고 비우는 음영처럼
서로의 몽따주가 되어가는

아이들이 어렴풋합니다
일식(日蝕)이라도 연습하는 것일까요

셋에게도 무언가 잃을 게 있었으면 좋겠습니다
식어가는
무딘 모서리라도

π ii

거미가 매번 같은 집을 짓는 것은

신이라는 음률이 그렇게 동일했기 때문이다

음률이 반복 재생되는 밤에도

거미는 거기에 들린 먹이들을 천천히 재생할 수 있었다

내일의 신을 연습할 때

거미는 음역을 조율해보곤 한다

신이라는 음역을 빌린 거미줄이 울리면

같은 형상의 의문을 입은 것들이 재생을 재생한다

거미줄에 들려 알을 터는 것들

내일의 신이 일치할 때

시간은 거미줄에 감긴 자국이 있다

거미는 자신의 울음을 갖지 않았다

회귀선이 거미줄에 닿아오는 동안에도

신은 어른이 아니었다

π iii

그의 목은 서서히 회전하였다
경로는 정해지지 않는다
한번의 소멸을 위하여
그것은 여러번 오고 있다

목으로 내려앉는 바람에는
북극이 묻어 있다
그는 그것의 이름을 불러보려 한 적이 있다

그에게는 유일한 경로를 이동해온
시간은 어느 극야에 가 닿는지
거기 서면 어제와 내일이 같은 방향에서 온다고 했는데

그의 목은 살아본 적 없는 혈육,
바깥으로 휘어지기 시작한다
서서히 전생이 돌아오는 얼굴

'여기 잠들다'의 육성으로

그는 북방 나비의 이름을 발음해보았다
몸 안의 비문을 쓸어보듯
바람이 소멸하는 방향에서

나비나무

∞

참나무무늬고양이털개범나비는 간신히
자신을 열고 나왔으나
이번에도
털개가 씨에 있었다

나무는 씨은 털개들로
붐볐고
화연해지는
잎사귀를

나비나무

∞

참나무무늬노랑뒷날개밤나비는 간신히
자신을 열고 나왔으나
이번에도
날개가 썩어 있었다

나무는 썩은 날개들로
붐볐고
완연해지는
잎사귀들

이안류 3
1999년의 사진

눈 속에서 실핏줄 하나가 끊어진다

플래시가 터졌을 때 누군가의 눈과 마주쳤다
불현듯 결빙된 얼음 같은
눈 속의 종소리

눈을 돌리지 못한 건
아직 쏟아지지 않은 빛이
섞여 있기 때문일 것인데

역광이 고이는 내 눈 속의 인화
유성 속을 떠도는 그늘처럼
어느 시간을 번지고 있는지

*

눈 속에서 종소리 하나가 해빙된다

지금의 내 눈과 마주쳤던 것이다
사진을 보는 나의 눈을 인화하고 있었던 것이다

내게 번져올 것 같은 충혈이
눈을 돌리지 못하고
같은 눈으로 붉어지는

나는 나의 운석이 되어가는 것일까
사진 속의 그늘이 흘러나와
눈 속에서 실핏줄 하나를 놓친다

마티, 미기록종

우리의 오래전 신대륙에서
비를 듣기 위한 침상
그의 뒤꿈치는 걸어본 적 없는 것처럼 평평했다
그가 발을 얹고 있는 침상에서
조금씩 기울어지는 빗줄기들

그는 자신을 소유하지 않으려 한다
매일 밤 돌아오는 내일을 놓기 위해
예감을 가라앉히는
그에게는 운동이란 것이 없었다

그를 기록하려는 시도는
매순간 미확인이 되어버렸던 것
자신을 머문 적 없는
그는 늘 공백 속에 있고
사건 하나 불러내지 못한다

그를 증거해보기 위해

어느 밤 천천히 침상에 누워보는 일
그것은 그에게서 우리를 누락해가는 일이었는지도 모른다

우리의 오래전 신세기에서
비를 듣기 위한 침상
공백 속의 평평한 시간을 열람하듯
그가 유한하다는 흔적이란 없었다

계곡의 병원

망상이 치유를 불러오는 이 계곡의 진실
이 경계를 넘어가본 적이 없다
몸이 아닌
몸에 없는 기억들이
몸을 깁는
거울 앞에서 나는 묻지 않아도 대답하고 만다

죽음일지 모를 환한 잠과
핏속에 이끼가 돋을 때까지
내 몸에 뿌려지는 빛들
빛으로 밀폐된 방에서
나의 병은 배양되고

너희 식대로
내 병의 근거지를 남몰래 다녀오는
짧은 독대
나의 극지가 너희에겐 나무랄 데 없는 타지
나의 극지에 백야가 계속된다

착각이 고통을 줄이는 이 계곡의 진실
착각이 배급되는 동안에도 빈틈이란 없다
앉아야 할 의자나
누워야 할 침대에서
착각은 나의 몸서리를 다듬고
치료는 치욕처럼 뒤에서 껴안는다

월롱역

오래된 창고는 비밀스럽다
창고를 에워싼 갈대들이 수런거리고
꽃들은 잘 때도 눈을 감지 않는다
눈 뜨고 자는 달개비 앞을
발꿈치 들고 지나는 달빛
먼지 쌓인 비밀이 달빛에 살짝 드러난다
이따금 기차가 지나가면서
추억을 완행 연주하고
바람은 한 소절씩 베어 넘긴다

언젠가는 비밀도 곰팡이 핀다
비밀을 지키려는 생각도
다시 들추길 바라는 마음도
언젠가는 곰팡이 핀다
타다 남은 양초처럼 뭉툭해진다
달을 희롱하듯
달이 꽃을 희롱하고 꽃이
달을 희롱하듯

한 시절 놀았으면 그뿐

창고에 걸린 달빛이 촛불처럼 떨린다
잠시 푸른곰팡이에 귀기 어리는 듯하지만
저 달에 단풍 들면
곧 기차도 뭉툭해질 것이다

우기의 장례

낮은 음으로 휘어지는 철길을 걷는다고 하자
자갈을 밟으며 조등을 찾고 있다고 하자
이마가 흐릿해지는
비는 구름의 예감을 비운다
누군가 낮은 음을 듣고 있다고 하자
듣고 있다는 것을 잊어버린 듯이
우리는 점점 근소해지고 있었던 것

여기는 내내 비가 와. 새들은 날개를 펴서 날개를 씻어. 이따금 하늘의 탯줄 같은 비가 내린다지.

비가 타이를 때까지
빗방울 하나하나의 영정이었으므로
자신의 뒷모습이 보이는 모퉁이
조등을 마중 나온 새처럼
구름을 겪은 그림자로 내려앉는 것
내려앉을 곳을 잃어버린
얼굴을 앓게 되는 것

한 남자의 부음을 동의해야 한다

철길은 무한히 무음에 가까워지고. 우산 속에는 아무도.

도울 수 없다

예각의 모서리들은
까다로워
내내 타인을 위한 건축은 없다

인기척을 지우는
무작위의
균/열

타인을 향한 적 없는
그것은 흔적의 형식이 아니었다

이내 뒤돌아보겠지만,

끝내 생각해내지 못한
사각(死角)의 모서리

최초의 균/열을 나열하기 위하여
돌아가본 적 없는

모서리를 소진하기 위하여

내내 뒤돌아보겠지만,

행방을 인멸하는
무작위의

/

한 사람의 방문자가
남아 있다면

해바라기 이데아

사라진 해변이었어. 해변의 해바라기밭이었어. 물고기가 버린 발들. 물고기가 버린 발바닥 냄새. 무릎걸음으로 해바라기를 듣고 있었어

아무것도 답하진 마라. 아무것도 답하진 마라

썰물이었어

깊은 바다에서 울음을 멈춘 새들

이미 우리는. 다시 우리가 들려오지 않아서. 해바라기 저물어가는

사라진 해변에서 뒤늦은 그림자로 서성였어. 무엇의 그림자인 줄 모르는 그림자가 되어. 그림자의 그림자가 되어

밤으로는 채워지지 않는 해변을. 밤에 그림자가 어디를 다니는지 모르면서

어느 한순간을 울지 못한 새들
소리 없는 물고기의 무릎울음

썰물이었어

그림자를 놓친 해바라기,
떨어졌어

∞의 이데아

거기 있어요?

여기 있어요.

점점 멀어지는 거 같은데요.

그런가요.

그럴 거예요.

아직 들리나요?

그래요.

그래요.

눈사람의 탄생

장은석

마비에서 질주로

질주하는 시들이 있다. 먼 바깥을 향해 계속 흐르는 시. 김성대 시의 사유는 마치 연속하는 궤적 같다. 이처럼 중심을 지니지 않은 기이한 흐름과도 같은 시에서 고백이나 반성을 찾기는 쉽지 않다. 물론 누군가의 고백을 듣는 것은 여전히 매력적이다. 격앙된 목소리와 분분한 어조를 따라 내밀한 결핍의 세목이 드러나는 것도 그렇지만, 마침내 흥분한 마음이 가라앉고 고조된 불안감이 잦아들면 고백은 더 절실해진다. 파탄을 변주하는 서정시의 오래된 형식은 여전히 어떤 공감을 자아낸다. 그렇지만 김성대의 시에서 말들은 서로 부딪치고 밀리며 스스로 방향을 만든다. 목소리들은 제각각 흩어져서 희박하게 흔적만 남는다.

오늘의 어떤 시인들은 여러가지 다른 목소리를 낸다. 이들은 이런 방식으로 시에서 거추장스러운 풍경을 떼어내고 분명한 느낌만 남긴다. 한껏 확장된 감각이 함께 있는 느낌을 더 증폭한다. 실제로 이들은 공감이란 사건의 세부가 겹치는 것이 아니라 특정한 느낌을 나누는 것이라는 사실을 증명한다. 그러나 김성대의 시 속에서는 '나'의 감각을 개방하여 관계를 더 가깝게 끌어당기는 화법을 찾을 수 없다. 반대로 그의 시에서 감각은 점점 더 무디어진다. 이미 첫 시집 『귀 없는 토끼에 관한 소수 의견』(민음사 2010)에서부터 그는 모호하게 윤곽을 잃고 사라지는 사물과 감각이 격리되는 순간에 집중했다. 점점 귀가 말라가는 토끼의 증상은 이번 시집에서 더욱 심화한다.

> 그것은 결핍도 절실이나 잉여도 아닌 무엇이라 해야 할지 모를 무엇을 닮아가기 위한 질주 같았다 모두가 나인 것 같지만 나도 아니고 너도 아닌 것들이 뒤섞인 어떤 마비
>
> —「그것은 동물원에서 시작되었다」 부분

마비와 질주. 어울릴 것 같지 않은 두가지는 김성대의 시에서 깊은 관계를 지닌다. 감각이 둔화되고 기능이 정지되는 마비의 상태는 이 시집에서 질주의 운동성으로 연결되기 때문이다. 그의 시집에는 "눈 없는 물고기"(「압록의 여름

들」)나 "깊은 바다에서 울음을 멈춘 새들"(「해바라기 이데아」)과 같이 일상의 감각을 잃고 마비와 같은 증상에 시달리는 것들이 가득하다. 어떤 시인들이 다양한 '나'의 발화 방식으로 '우리'의 범주를 넓힌다면 그는 차단된 감각 속에서 사라지고 있는 '나들'에 초점을 맞춘다. 이것은 오히려 "그에게서 우리를 누락해가는 일"(「마티, 미기록종」)이다. "우리는 점점 근소해지고"(「우기의 장례」), "서로의 여집합이 되어"(「새를 먹고 사는 마을에 관한 어느 도래인의 기록」)간다.

김성대는 범람하는 '나'의 위상과 그것이 만드는 영역으로부터 거리를 둔다. 어떤 발화 방식 때문에 관계의 범주가 부풀려지는 것을 경계한다. 공감의 환희는 틀림없다는 확신이 무너지면 고통으로 돌변한다. 토로의 절실함이 사라지고 나면 서서히 의심이 싹튼다. 과연 너의 결핍은 나의 그것과 같은가. 너에 관한 의심은 나에게 이르러 더 커진다. 내 기분은 얼마나 정확한가. 혹시 나는 무엇을 숨기거나 위장하거나 과장하지는 않았을까. 한번 다정함이 깃들었던 자리에 찾아든 의혹의 위력은 세다. 단단하게 쌓인 것들이 무너질 때는 그야말로 더 걷잡을 수 없는 법. 친구라고 믿었던 사람이 전혀 다른 주장을 할 때의 배신감을 떠올리자. 김성대는 "우리는 서로의 플롯이 될 수 없"(「Op. 23」)는 사태에 주목하며, 급기야 서로 "도울 수 없다"(「도울 수 없다」)고 말한다.

나눌 수 없는 나머지

나눌 수 없는 것들이 있다. 이념과 상징의 테두리를 끝없이 벗어나는 것들. 어떤 자리에도 속하지 못하는 존재들. 절실한 고백이나 다정한 위로가 소용없는 이들은 시 속에서 계속해서 조금씩 서로를 닮아가는 과정에 놓인다. 따라서 앞서 나온 '닮아가는 질주'라는 말은 "완료하고 있는 시제"(「완료형 고양이」)와도 같다.

시인은 도저히 공감할 수 없는 상황에 주의를 기울인다. 그는 우선 특정한 감각적 체험을 공유할 수 없는 나머지들이 천천히 섞이도록 놓아둔다. 그런 다음에 일치 불가능한 사태로부터 다른 잠재적 힘이 도래하도록 계속 자세를 바꾸며 그들을 북돋운다. 질주하는 말의 지속적인 움직임이 만드는 궤적은 다수의 선분을 이루며 일상의 말을 둘러싸고 있는 경계를 허문다. 단순하고 텅 비어 있던 일상의 말들은 서로 스치고 얽히면서 무리를 지어 계속 어딘가로 향한다.

해바라기를 보고 해바라기를 지나 프랑스 삼겹살 사러 간다
해바라기에게 해바라기를 묻지 않듯 프랑스를 프랑스

에게 묻지 않는다

그것이 우리의 음질을 좋게 합니까

우리는 다만 더 저물기 전에 프랑스 삼겹살 사러 간다 '더 저물기 전에 프랑스 삼겹살'이라고 말하면 어딘지 빈 소복을 입고 있는 것 같다 소복을 입은 석양의 프랑스 같다

저기 몰려나온 음영들 좀 봐 해바라기는 자꾸만 낯이 가려운데 우리는 얼굴을 가진 자가 하나 없어 얼얼해질 때까지 프랑스 삼겹살 사러 간다

—「성 식육일」 부분

"해바라기"나 "프랑스", 그리고 "삼겹살"이라는 말은 모두 특별한 의미를 지니지 않는다. 시인은 그것이 무슨 의미를 지니는지 "묻지 않는다". 따라서 그것이 모여서 분명히 어떤 장면을 연출할 것이라 고민하면 점점 더 곤란해진다. 우리는 그저 그것이 흐르며 만드는 움직임과 동행하면서 떠오르는 음질을 음미하면 충분하다.

그저 세 겹을 이루고 있을 뿐인 삼겹살처럼, 아무런 접점을 찾을 수 없을 것 같은 세 단어는 '보고-지나-간다'라는

동사를 거치며 계속 스치고 얽힌다. 정작 이 시에서 중요한 것은 바로 이러한 움직임이다. '본다'는 감각을 지나 '간다'로 이동하고 있다는 것. 해가 점점 저무는 것처럼 "해바라기"라는 말은 "프랑스 삼겹살"로 흐른다. 해가 완전히 저물면 "해바라기"라는 보는 감각은 완전히 어둠 속에 묻혀 생명력을 잃고 "프랑스 삼겹살"이라는 음질만 남을 것이다. 이런 상황이 바로 "빈 소복을 입고 있는 것 같다"는 "음영"(陰影)을 출현시킨다. "빈 소복"이라는 말은 그 자체만으로는 모순이다. 소복은 비어 있을 수가 없다. 마찬가지로 "빈 소복"은 아무런 상징적 의미를 지니지 않는다.

이 시는 해가 저물고 사물의 윤곽을 밝히는 빛이 사라지는 시간의 간격을 품고 있다. 시차가 발생하면서 감각이 변하는 것처럼 전혀 성스러울 것 없는 "삼겹살"과 그것을 사러 가는 일상적 행위는 "프랑스"나 "석양"이라는 말과 섞이고 함께 흐르면서 미묘한 맛과 감성을 띠게 된다. 아무래도 닿을 수 없을 것 같은 "프랑스"와 "삼겹살"은 이런 운동방식 속에서 잠재적 경향을 잉태한다. 잠재적 경향은 미리 구성된 개별성으로부터 다른 특이성들을 현실화한다. 표준화된 의미의 차원을 넘어 차이의 힘과 자질을 지니게 되는 것이다.

감성의 훈련

김성대의 시는 감각이 억압된 존재들이 각자의 목소리를 향해 반복해서 걷는 연습과도 같다. 다른 곳으로의 횡단을 거치며 처지와 상황이 다른 다양한 존재들은 차이를 드러내고 각각의 특이성은 마침내 응결되기 시작한다. 이들은 각자의 특이성을 지닌 채 스치고 얽히면서 그들만의 생의 궤적을 만든다. 막힌 감각은 흐름의 자취를 따라 이동하면서 확장되고 그 과정 속에서 침묵은 실존적 가능성으로 무르익는다.

우리는 탁구대 위에서 탁구를 연습하고 술을 마시기로 한다 그의 아내와

탁구알이 오갔던 소리는 작고 둥근 선분을 그리며 탁구대 위를 낙하하고 있었다

술은 한모금 탁구알 같았다 우리는 낙하하는 선분을 바라보며 오늘로 갔다

그의 아내는 탁구알처럼 웃었다 몸속을 돌아다니는 알들과 함께 우리는 가벼워질지도 몰랐다

술이 오르고 있었고 여음처럼 여러개의 알들이 이울고 있었다

어느 것이 오늘에 속하는 건지 알 수 없었다 그녀는 천천히 눈을 감았고 알들은 수런거렸다

우리는 술잔을 놓칠까 꽉 쥐는 손처럼 어둠 속에서 홀로 탁구알을 쥐고 있는 사람을 본다

탁구대 위에서 오랫동안의 여름이 오고 있었다

—「탁구」 전문

'나'와 '그'와 '그의 아내'로 구성된 '우리'는 함께 탁구를 치고 술을 마신다. 동그란 "탁구알"은 '우리'들 사이를 오가며 소리를 낸다. 탁구알이 내는 소리의 자질은 반복해서 '우리' 사이의 어떤 궤적을 만든다. 어쩌면 그 와중에 서로가 사소한 말들을 주고받았을 수도 있다. 그렇지만 그것은 시의 배후에 암시적으로 남아 있을 뿐, 실제로 시 속의 '우리'는 탁구알이 만드는 "작고 둥근 선분"으로 연결된다. '우리'라는 소박한 공동체는 다양하게 얽히는 선분을 매개로 서로의 몸이 접촉하면서 생긴다.

동그란 "탁구알"이 튕기는 소리가 선분을 그리는 것처럼, "한모금" 술을 넘기는 소리는 둥근 목젖을 타고 몸속으로 향한다. 운동과 알코올에 몸이 반응하는 것처럼 '우리'는 마음도 "가벼워질지" 모른다는 기대를 갖는다. 그러나 술이 오르자 알을 깨고 나오지 못하던 말은 몸 깊숙한 곳에서 "수런거"린다. 이런 장면은 "어느 것이 오늘에 속하는 건지 알 수 없"을 정도로 여러번 반복된 것 같다. 알을 타고 흐르는 운동의 자취는 시간을 거치며 공동체 내의 변화를 초래한다.

"술잔을 놓칠까 꽉 쥐는 손"이 남는다. 어둠 때문에 우리는 "홀로 탁구알을 쥐고 있는 사람"의 표정이나 반응을 확인할 수 없다. 다만 불분명한 윤곽 속에서 꽉 쥐는 손의 긴장이 지속되면서 잠재적인 것들이 솟는다. '그'와 '그의 아내'만의 관계에서는 드러나지 않던 불안과 계속 평행선을 달리던 차이들은 '나'의 개입이라는 사건으로 비로소 새로운 지경으로 돌입한다. 각각의 특이성들은 잠재적인 것들과 상호작용하면서 실재성을 띠게 된다.

이 시는 달콤한 설득이나 강렬한 충고와 같이 의지에 휘둘리는 발화 방식 없이도 우리가 어떻게 공동체를 형성할 수 있는지 놀라운 방식으로 보여준다. 어쩌면 우리의 생은 작은 탁구대와도 같은 지평에서 탁구알이 울리는 소리와 같은 감각을 함께 나누는 행위를 끝없이 반복하는 것과도 비슷하지 않을까. '탁구'라는 말은 하나의 기호를 넘어 소리를 따라 '알'과 '대'를 거치며 시 속을 뛰어다닌다. 우리는 이때 말이 섞이면서 도래하는 몸의 궤적을 느낄 수 있을 뿐이다. 그러나 계속 섞이는 몸의 교차와 펼침 속에서 셋으로 늘어나는 공동체의 가능성이 무르익는다. 더불어 정체된 개별 주체의 관계는 새로운 국면으로 진입한다.

횡단과 펼침

질주의 운동성이 최대치에 이르면 시는 아주 먼 곳까지 나아간다. 그래서 어쩌면 이런 시를 읽는 누군가는 점점 희박해지는 경험을 한편으로 무책임하게 느낄 수 있을 것 같다. 그러나 만일 감성의 훈련을 충분히 거쳤다면 곧 현실의 경계를 선회하는 "이안류"(「이안류」)에 금방 몸을 실을 수 있을 것이다. 또한 미지의 영토를 개척하려는 노력이 황망한 방황이 아니라는 사실도 체득할 수 있을 것이다.

눈

출발한 사람들과는 달랐으나 우리가 도착했다. 눈 오는 하늘 냄새를 그리워하던 사람들과는 달랐으나 우리가 그리워할 차례였다. 태어날 때부터 우리는 오고 있었고 우리에게 눈보다 강한 신념은 없었다. 폭설의 예감처럼 북극을 감고 있던 아홉 꼬리가 풀어지고 있었다. 설맹의 시간이 왔고 우리가 울 차례였다.

숲

눈보라가 아홉 하늘을 떠돌고 있었다. 고사목 사이 올빼미가 아무리 고개를 돌려보아도 숲은 둘레가 없었다. 숲이 호흡을 시작하면 숲을 빠져나올 수 없겠지. 눈보라 속에서 서로의 미로가 되어가는 것. 발자국은 점점 불가능한 타원을 그리고 고사목에서 백발이 자랄 것이다.

새

새들은 울음을 쏟아두고 어디로 날아갔을까. 폐타이어를 보며 그가 말했다. 새들은 짐승의 눈을 파먹고 자신을 들을 수 없게 된 걸 거야. 새들이 북극을 두려워한다는 걸 알고 있는지 모르겠군. 그의 목소리에 그늘이 들었다. 폐타이어에 얼어붙은 울음이 자신을 유영하고 있었다.

눈꽃

시베리아나비가 눈꽃을 빠는 창가에서 빨다 남은 눈꽃을 듣는다. 너는 어느 창가에서 듣고 있는지. 눈꽃이 귀를 여는 순간을 너와 잠시 눈을 감아보는 시간이라고……

눈꽃이 고요를 입는 동안,

(…)

눈사람

오늘의 눈이 녹는 동안 어제의 눈이 쌓인다. 어제의 메아리에 내려앉은 새들은 날개가 얼었다. 영하의 거울 속에서 초인종이 울렸고 올빼미의 눈을 한 사내가 기다리고 있다. 첫 발자국을 향해 몇광년을 건너온 눈사람의 속도로. 절대영도로 이루어진 고집스런 녹는점으로. 사내는 겨울을 깁기 시작한다. 어디선가 가만히 목격되어 있을 발자국들로 자신의 액자가 되어가는,

—「겨울 SF」 부분

질주하는 궤적은 미지의 영역을 향해 무한하게 뻗어간다. 예감을 가득 품은 채 목적지를 알 수 없는 먼 곳의 고요를 향하여. 왜 여기인지는 알 수 없다. 이것은 목적지를 정해놓은 전진이 아니므로. 어떤 이념을 향한 의지도 아니기 때문에. 따라서 "북극"을 두고 실제 얼음덩어리로 이루어진 대륙을 떠올리며 어리둥절할 필요는 없다. 이 움직임은 현실의 평면을 따르지 않는다. "출발한 사람"과는 다른, 변화하는 다수인 '우리'는 현재의 영토를 벗어나 제한 없이

무한한 속도로 세계를 가로지른다. 이 운동의 자질이 극대화되면 공간이 휘고 시간도 굴절을 겪는다. 꼭 SF처럼. 모든 감각이 새로워지고 인간과 자연 사이의 분리도 사라진다. 모든 존재들이 함께 얽히고 스친다.

"설맹의 시간이 왔"다. 감각이 완전히 차단되는 순간. '우리'의 울음, 내부에서 끓는 소리가 먼 외부를 향해 한없이 뻗어나간다. '우리'의 울음소리는 "올빼미"를 거쳐 '새들의 울음'으로 이어진다. 그러다가 "그의 목소리에 그늘이 들"면서부터 천천히 잦아들고, 4연에 이르면 완전히 고요해진다. 억눌렸던 음성적 자질은 저만의 리듬으로 뻗어나가다가 천천히, 자연스럽게 사그라진다. 변화하는 감각은 환상적인 감속과 함께 공간을 재편한다. 이 놀라운 SF의 세계에서 관계들은 자유롭게 모였다가 흩어지고 대상은 결합했다가 미분화한다. 사유의 궤적을 따라 하나의 순수한 공간이 새로 만들어진다.

그의 시는 마치 (눈)사람을 형성하는 과정과도 같다. "오늘의 눈이 녹는 동안 어제의 눈이 쌓"이는 것처럼 불규칙하게 형성된 윤곽이 떨리면서 서서히 눈사람은 형성된다. 이 눈사람은 금방 녹을 테지만 동시에 그 위에 새롭게 눈이 내리면서 다른 형태로 계속 바뀌고 있을 것이다. 언제나 변화하는 상태인 채로 계속 굴러가면서 새로운 가능성을 만드는 작용을 결코 멈추지 않을 것이다. 이토록 아름다운 몸짓

이야말로 딱딱하게 고정된 현실세계와 포개질 수 있는 시적 자질이며 힘이 아닌가. 아마도 시인은 계속 "불가능한 타원"을 그릴 것이다. 우리의 짓눌린 말들이 멀리 펼쳐져 둥근 선분을 이룰 때까지. 우리가 스스로 불가능할 것만 같은 관계를 충분히 어루만질 수 있을 때까지.

張殷碩 | 문학평론가

| 시인의 말 |

하나의 밤이 들어가서 닫힌 방
그 방의 무한한 위치들
우리의 전야는 반복되기만 해
우리라는 미간을 띄워놓고도
어느 얼굴이어야 하는지 모른다
닮아본 적 없는 그것은
계속 사라지고 있고
계속 도착하는 하나의 창,

'밖을 봐요. 섬이 하나 늘었어요.'

다른 밤으로는 열리지 않는 미간의 기후를
한쪽 눈을 불어주던 10시와 2시 방향 사이를
다 살아볼 수 없다
다시 살아볼 수밖에 없다

*

어디론가 흩어지고 다시 고이기까지 튕겨오르는 점
점은 하나의 음이 되어 공을 돌고 있는 것이다
음을 나누고 나누면 시간은 흐르지 않고
점이 공에서 멀어지는 잠시의 진공
점이 공을 벗어나 아무 음도 담지 않게 되면
어느 시간이든 경유할 수 있겠지만
공과는 다른 위치를 잃어갈 수 있겠지만
공은 점의 시제로 정확히 튕겨오른다
모든 궤도를 기다리고 나서 점이 돌고 있는 전야로
이별을 돌려보내는 것이다

이것은 134340에 관한
2월의 학설이다

2013년 2월
김성대

창비시선 356

사막 식당

초판 1쇄 발행/2013년 2월 12일

지은이/김성대
펴낸이/강일우
책임편집/전성이
펴낸곳/(주)창비
등록/1986년 8월 5일 제85호
주소/413-120 경기도 파주시 회동길 184
전화/031-955-3333
팩시밀리/영업 031-955-3399 편집 031-955-3400
홈페이지/www.changbi.com
전자우편/lit@changbi.com

ISBN 978-89-364-2356-8 03810

* 이 책은 대산문화재단의 2010년도 대산창작기금을 받았습니다.

* 책값은 뒤표지에 표시되어 있습니다.